草木诗韵

吴海涛 著

陕西新华出版
太白文艺出版社·西安

图书在版编目（CIP）数据

草木诗韵 / 吴海涛著. -- 西安：太白文艺出版社，2023.7
ISBN 978-7-5513-2407-6

Ⅰ.①草… Ⅱ.①吴… Ⅲ.①诗集－中国－当代 Ⅳ.①I227

中国国家版本馆CIP数据核字(2023)第104931号

草木诗韵
CAO MU SHIYUN

作　　者	吴海涛
责任编辑	姚亚丽
策　　划	马泽平
封面设计	寻觅
版式设计	建明文化
出版发行	太白文艺出版社
经　　销	新华书店
印　　刷	玖龙（天津）印刷有限公司
开　　本	880mm×1230mm 1/32
字　　数	85千字
印　　张	6.125
版　　次	2023年7月第1版
印　　次	2023年7月第1次印刷
书　　号	ISBN 978-7-5513-2407-6
定　　价	48.00

版权所有 翻印必究
如有印装质量问题，可寄出版社印制部调换
联系电话：029-81206800
出版社地址：西安市曲江新区登高路1388号（邮编：710061）
营销中心电话：029-87277748 029-87217872

俯身吟哦为草木

  应邀为诗人、散文家吴海涛先生的诗集《草木诗韵》作序，惶恐之余，倍感肩上压力之沉重。吴海涛先生交游广泛，其中不乏邱华栋、王宗仁等大家，艺术领域涉猎众多，包括书法、诗歌、散文、小说等，这使得他的作品取材往往不拘一格，表现形式也少囿于诸般条条框框。对于这样一位厚重而丰富的诗人，想要在千余字间尽数写出他的特点，无疑是具有相当难度的。

  吴海涛先生精选了近两年来有关草木和人生况味主题的一百多首诗作，辑录成册，分别归类在"野草百味""陌上新韵""泥土诗语""坡峰岭上的红""人间烟火"五个小辑中，读来颇有几分淡然、清冽的韵味。他写豆角、苦菜、艾草、马齿苋、菱角、榆钱、大蒜、白菜，也写西瓜、山桃花、石榴花、栗子、枸杞……这些平常不起眼的微小事物，在他的笔下，仿佛都有了新鲜而明亮的光泽和生命力，引领着他从世俗世界走向另一个桃花源。

我们生活的时代节奏快，信息沉冗，大部分人被时代的洪流裹挟着向未知的远方前进，但吴海涛先生不在此列，他是我们中的那一小部分人。他愿意停下脚步，愿意俯下身子，去倾听，去感受，去从庸常的事物中发掘诗性，并以自己独特的方式记录和思考。"野生的草/不需要生长的信仰"（摘自《拉拉秧》），只关注生长本身，无论是在山野还是田间，都不会影响野草蓬勃的生机，似乎只需要一场春风，野草就可以摆脱藩篱束缚，向所有人宣告自己的存在。这看似是在写野草，又何尝不是在写人生？

"你不是扎在泥土的根/但你需要根的养分/你不是挺立的树干/但你需要干的支撑"（摘自《叶儿》），吴海涛先生的诗歌语言，看似拙朴，却往往蕴含着耐人寻味的哲思，这首《叶儿》就是其中一例。他写叶儿，却又不局限于叶儿，深究叶和根，以及枝干之间的关系，借此引出局部和整体这一哲学概念，进而引发我们对人生，以及我们赖以为生的大地的深层次思考。我们每个人并不是独立的，我们也是草木，是枝叶的一部分，需要从大地中汲取养分，需要依托枝干和根部的力量生长，并最终在嘈杂的世界中展现出自己独有的形象。

读吴海涛先生的诗歌，需要自己先把节奏慢下来，最好是和他诗歌中的节奏保持同一调性，然后才能听见他诗句中雨水的声音、枝叶的颤动，以及潜藏在草木间的我们自己的呼吸。我常常浅薄地以为，诗歌的语言楼阁，可能恰恰是以具有唯心主义色彩的思想砖木为基础。它调动我们的全部神经去遣词造句，然后以主观意识呈现客观事实，又以客观事实反证主观意识。它使我们陷入逻辑的陷阱之中，进是一种尝试，退是另一种尝试。我们在现实生活中会发现许多值得记录的事和物，草木只是其中很小的一部分。但它们存在于我们的生活当中，影响我们，也被我们影响。我们和它们在相互作用，产生合力，日积月累，最终形成诗歌。

诗歌创作没有唯一标准且正确的答案，但我们可以选择舒适的表达方式。翻阅吴海涛先生的整本诗集以后，我发现他找到了自己的表达方式。他关注那些微渺的事物，细察它们显露在外的部分，也洞察它们深隐于世的部分，以此让它们在某个维度上达成一致或者平衡。他以真诚驱动文字，尽可能地将每一首诗都写得饱满、扎实。

我相信这本《草木诗韵》不会是吴海涛先生写作的终点，他对生活和写作充满热情，一定还会继续写下去。"待到落叶归根的时候/你才是灵魂回归的地方"（摘自《泥土》），诗歌对于吴海涛先生而言，无疑是他"灵魂回归的地方"，是他如草木般生长和绽放的根源所在。

吴海涛先生以诗歌的形式告诉我们：人生一世，草木一秋，无论是得意时，还是穷途末路处，不妨再耐心一些，克制一些，去体验和感受草木，感受生活。兴之所至，草木皆诗。

                              马泽平

                          2023 年 3 月

目录 / CONTENTS

辑一　野草百味

拉拉秧　003

豇豆吟　004

无忌　005

云怨辞　006

柳堤微醺　007

大丽花　008

车轱辘前儿　009

蕹　010

水稻草　011

叶儿　013

马齿苋	016
马铃儿菜	017
香椿芽	018
柳树芽	019
苦菜	020
巧瓜尖	021
艾草	022
节节草	024
野草	025
采菱角	027
撸榆钱	028
韭菜花	029
槐树花	030
摘片树叶奏笛声	031
品枸杞	032

辑二 陌上新韵

五月邀酒	035

踏山	036
陌上新韵	037
小院抒情	038
柳絮	039
春游白洋淀	040
曼陀罗	041
黄芩茶	042
灯笼草	043
大蒜	044
大白菜	045
斩西瓜	046
石榴花	047
姑姑草	049
妙笔兰蕙	051
江南堤柳	052
菊花咏	053
倭瓜秧	054
山桃花	056

栗子	057
踏秋	058
题荷塘小鱼	059
赏秋	060
臭椿花	061

辑三 泥土诗语

东山小景	065
偶遇故知	066
风景	067
春花三弄	068
矮脚榆	069
逢雨	070
望景生情	071
种植	072
遇雨	073
小院生情	074
植柳	075

筑巢新燕	076
柳意	077
春日夜思	078
相枝词	079
静秋	080
春绪	081
开河烟影	082
崖梅	083
春聚	084
花变	085
柳树情思	086
小白杨	087
葫芦架下	088
落樱花	089
古槐颂	090
老枣树	091
青松岭	093
红枫叶	094
咏荷	095

辑四　坡峰岭上的红

拜访名人　　　　　　　099
求雨　　　　　　　　　100
吊张自忠将军　　　　　101
余悸　　　　　　　　　102
拜寺　　　　　　　　　103
余晖　　　　　　　　　104
等你　　　　　　　　　105
水清观鱼　　　　　　　106
雪天候客　　　　　　　107
春韵　　　　　　　　　108
清明祭雨　　　　　　　109
桃花吟　　　　　　　　110
踢足球　　　　　　　　111
淀上生灵　　　　　　　112
小盆景　　　　　　　　113
小诗　　　　　　　　　114

双青有感	115
雪	117
新手稿	118
过重阳	119
沙雕	120
心灵	121
古槐	122
信步	123
坡峰岭上的红	124
泥土	126
吊英雄	130

辑五　人间烟火

高粱红了	133
芝麻开花	135
北海赏雪	137
赶年集	138

夜深小作	140
回乡	141
山乡飞雪	143
自然的造化	144
八一颂歌	146
记忆	152
爱语	155
夏至	158
麦	159
等雁归来	160
莲的心事	162
寻梅	165
七月的热情	167
你是我唯一的温柔	169
蛙	173
心里真美	175
父亲的背影	179

野草百味

拉拉秧

野生的草

不需要生长的信仰

自由地爬秧

疯狂地生长

枫叶形的绿色

漫无目的自狂妄

永远向着高处爬

从不抓着泥土长

无人理解

无种选良

虽然本是野草生

医者可治病魔狂

但求拉拉心地善

野草本形做草王

豇豆吟

曲藤爪叶宛如龙
架上云霄露花容
蝴蝶兰衫报春晓
袅袅娜娜惹蝶蜂
清风送凉叶浮动
豆荚纤巧绿裙腰

无忌

叶零落

寥寥滴秋雨

怎奈笔尖羞涩

一任微尘下浮笔

心思妙句难成篇

今昔境

只为点点记忆

云怨辞

秋风瑟

孤影冷落月

心头恨

清词谁能解

新歌唱给谁

恐无人倾听

无缘相对深宫院

心生苦涩

不觉满头霜花雪

繁花已凋谢

蛮荒中一生

不如小云雀

柳堤微醺

春柳长堤外

寂寞难开怀

心有千结落魄人

醉里看浮云

此时眉紧锁

哪有牵挂人

暗思总能惊梦醒

亭台酒半盏

大丽花

大丽花艳大如盘
故乡移来为做伴
凡人见它颜色俗
争奇斗艳赛牡丹
若说花中谁尊贵
我夸此花不平凡

车轱辘前儿

生草野

车轱辘前儿不怕风

江南称之蛤蟆衣

返春叶青青

如人手掌纹清晰

叶上五条经

果儿形似狼牙棒

秋来果荚自裂缝

车轧脚踹道旁生

暴风骤雨吹不倒

入药方称车前子

野草治大病

采采芣苢自古有

如同九世做公卿

薤

不识藠头即是薤

小头蒜白绿不越

唯头辛辣分多瓣

清炒翠绿口生涎

枯荄春风吹又生

只识小葱才知薤

水稻草

水稻草

长旱地

紫绿的郁郁叶

从不把头低

水稻草

长河堤

水边的丛丛叶

棵棵与腰齐

夏暑落雨时

草儿长得急

夜听野草拔节声

日出东方与天齐

秋草苞生籽

穗重把头低

待到秋风摇落时

随风籽入泥

叶儿

你不是扎在泥土的根

但你需要根的养分

你不是挺立的树干

但你需要干的支撑

你不是盛开的鲜艳花

但你愿为花陪衬

一片绿叶

一份赤诚

一树情怀

一季青春

你为风鼓掌

雨里你接受洗礼

春寒你露出嫩芽

报晓初春

夏天枝繁叶茂

绿叶成荫

秋天你不惧风寒

由绿变黄变成赤心

冬天你飘零落地

落叶归根

绿色，你是春日的新芽

黄色，你是画笔涂抹大山的点缀

红色，你是镜头下的红枫

满山遍野的叶

你就像普通人

从不高傲

但有一颗朴实善良的心

春天里的使者

夏季辛勤地成长

秋天结出果实

冬天你藏得很深

赞许你的高洁

赞扬你的低调

马齿苋

春来雨过伏地草
梗带紫色马齿少
待到夏荷铺满塘
野地山坡不用找
穷苦人的救命菜
清热利湿味道好

马铃儿菜

马铃儿菜
嫩又肥
圆圆的绿叶儿
就像耳垂
红色爬行茎
生长山野无须水
人颂长寿菜
雨落不沾泪
昔日当作救命草
当今养生美味
夏采晾窗台
寒冬味更浓
暖身又暖心
春来又一茬

香椿芽

初春吐尽紫红袍

生冒芽儿树枝摇

老树新苗差异大

不及方山藤一条

圣水之峪皆椿地

春迟椿早价更高

柳树芽

春风拨动柳丝梢
却见嫩黄爬枝条
小雨才落清河岸
摇落萠果茸茸毛
绿芽堪采莫迟疑
满筐新芽过水焯
蒜拌香油冷盘上
美味佳肴价不高

苦菜

有人说叶苦

苦就苦在内心

春寒出嫩芽

扎下白白的根

只知心里苦

苦中有甜是为谁

自古常颂救命菜

饥肠辘辘填饱胃

如今可谓小凉菜

养生消炎有苦菜

多少人赞美

几度春又生

再苦从不落下泪

无怨又无悔

巧瓜尖

藤蔓瓜秧弯弯绕

嫩芽顶尖微微俏

莫误采摘好时节

当春时令品上肴

汤菜无须调料味

放上盐巴清水烧

消炎止渴宜人食

餐食味美真可口

艾草

不曾有哪丛草

如你有仙气

不曾有哪种蒿

有此般神力

祛除病魔

炽热香气渗入体

因何打动诗人心

上青下白界线明

顶上开微花

结碎籽粒米

不蔓不枝不娇气

不卑不亢不傲气

草木皆有德

不与花比齐

端午江南赛龙舟

门楣艾草驱邪气

淳朴千年厚根基

艾香缭绕柔情里

节节草

节节草,节节高
再高没有大树高
莫笑节节草儿矮
节节能到云里飘
我心要像节节草
生活日子节节高

野草

生在山崖

春风中露出小芽

生在土壤

从没人理它

生在路边被行人踩踏

孤独的小草从不寂寞

坚强的性格

从不在乎笑话

顽强生长

任狂风暴雨吹打

阳光照耀幼小嫩叶

生命力更强大

野火烧不尽

春风吹芽发

没有花的艳丽

没有树木的高大

一棵无名的小草

如此强大

多次落在文人笔下

山石下涂抹了小草

文章没有把你夸大

歌颂小草的名曲

弹奏出苦乐年华

你的名字总带小

谁不道顽强生命多么伟大

采菱角

船儿悠悠荡淀上
荷花开满淀池塘
摘片荷叶头上顶
水中采菱正在忙

撸榆钱

春风才到梨花白
榆林串串花自开
踮起脚儿撸榆钱
抬头抻脖无法采
哥哥从小会爬树
小心你别掉下来

韭菜花

丝丝缕缕绿葱葱

一柄直秆翠上花

妙手纤纤佳人采

砂盐相伴入罐瓶

猥赐盘飧饥正甚

逞味之始助肥羚

槐树花

玉渊潭春花盛开
忽如一夜雪飘白
引来蜜蜂落花蕊
丈宽白绫铺地采
焯水泼油拌青蒜
香气馋人胃自开
槐花蜂采酿成蜜
槐花甜蜜日子美

摘片树叶奏笛声

空山幽谷雾轻轻

山林翠绿枝自横

清风送爽心自怡

阳光投下密疏影

敞开心扉心里悦

摘片树叶奏笛声

山歌好比春江水

山谷深处学百灵

品枸杞

银川银土枸杞山
樱桃小口映红天
熟照铜镜似灯笼
恰似繁星闪点点
鼻闻清香散不尽
口齿留香品甘甜

辑二

陌上新韵

五月邀酒

五月蔷薇满

不觉夏已来

晨光随步履

翠影入心怀

稀疏透光影

知欲花自开

谁邀千盅意

酒醉壮行哉

踏山

掀开几帘江南梦

一路徐徐近山行

踏过青峰石径远

烟雨涤洗见小城

陌上新韵

水上弄阴晴

山色愈葱茏

谁为英才归来梦

小韵奏琴声自远

四野阔

客围桌边坐

半盏清茶入口香

最妙春光依然寒

小院抒情

小院青砖老

花红豆荚小

风起叶儿摇

果密叶疏少

天蓝心平静

清晨日出早

阳光眷顾家

愿做诗奴好

柳絮

春风漫步雪花絮
关窗闭门卷白玉
莫负春光胜似雪
弹作轻纱捻丝絮

春游白洋淀

桃红柳绿入春帘

又是风光醉游船

烟云桥头空影日

淀上风光胜江南

曼陀罗

刺儿茄，漏斗铃
田野地头河边生
油黑叶，开白花
片片簇簇郁葱葱
植株果儿核仁大
表面刺儿变坚硬
成熟自然几瓣开
粒似芝麻黑色种
麻醉止咳镇痛药
刺儿茄花有毒性

黄芩茶

山上野花一地开
采得黄芩到家来
闲时坐听荷花雨
等得朋友早到来
心中自由天地宽
品出芩香心怡然

灯笼草

灯笼草　野地生

秋风吹　打灯笼

采下灯笼煮水喝

消炎止痛口生津

本草应有书内页

翻开古籍在其中

大蒜

聚似一只拳

散开只一瓣

生来穿白衣

胖子住里边

剥皮炖鱼肉

捣碎蘸椒盐

消毒又杀菌

生津带消炎

调味家家用

蒜香飘佳宴

大白菜

白菜自古价不贵
郁郁葱葱绿翡翠
生来本在百姓家
冬季生活调节胃
拌肉作馅捏饺子
清炒醋熘肉杂烩
小门家宴席上有
高门大宅也常在

斩西瓜

银刀斩开绿圆球
若似天河水自流
瓜瓤寓喻熊熊火
星星点点像宇宙

石榴花

石榴花

五月争奇艳

梅树劲

柳叶片

新而不柔媚

舍去梅柳短

单瓣华丽有容颜

双瓣雍容又华贵

球形骨朵真奇迹

翻红顶端裂四瓣

单瓣虽无双瓣好

另有一般妙风姿

红红石榴花

红似火一片

熊熊燃烧一团火

青春恰似花正好

若把石榴比后代

果大籽多福满堂

姑姑草

天高秋风凉
茸茸小草吐穗忙
莫笑我是野生草
无处不生长
不怕酷暑热
不惧风雨狂
生我不寻故乡地
种子随风飘何方
落地就生根
春天风里长
秋天才得意
毛毛虫儿度夕阳
故人识得姑姑草
留得枯萎根更壮

秋前拔草做饲料

冬天雪落喂牛羊

妙笔兰蕙

兰蕙笔素真

淡墨雅清馨

笔锋钢铁骨

幽情惊画魂

草草几十笔

馥馥叶枝新

写得心中意

翰墨识解人

江南堤柳

郭外陌春柳丝长

二月清风只觉凉

不识江南河堤堰

道是水动船只忙

遥望柳岸微波起

不见绿色却见黄

菊花咏

独爱白菊花
怒放洁无瑕
忠贞君子心
气概更潇洒
芬芳不自赏
寒楚当义侠
舍去名和利
从不自夸大
装点秋景致
风姿独一家

倭瓜秧

倭瓜秧

被野草疯狂覆盖

夏日里

多情的雨季

瓜秧生长缓慢

野草纠缠着瓜蔓

吸吮土地馈赠的营养

长势被野草阻拦

阳光炙热

云的手掌遮挡不住蓝天

大地抚摸着花草

倭瓜秧舒展藤蔓

似乎伸出手来求救

已无力把秧儿照看

湿润水汽扩散

雨水敲击着秧儿

太阳似隔在天空之外

阴天时绿草覆盖

晴天藤蔓疯狂生长

瓜秧覆盖了地面

潮湿的雨季

倭瓜秧成长缓慢

绿草拼命缠绕住藤蔓

翠绿的叶子下

闪耀着金色的花

等待小瓜的生产

山桃花

山野枯枝发新芽

唇红点俏朱顶雀

飞瀑一夜三千里

千里红缨山谷越

若把桃花比红浪

不及青春一滴血

栗子

长了栗斗小刺猬

抱团紧挨夹脐栗

苦涩外皮防松鼠

道有秋风裂皱纹

雪天乐趣火中烤

外壳坚硬仁香甜

自古南宋炒栗早

不比良乡天下闻

踏秋

曲径幽栏静

渐馈紫兰青

秋来风寒早

鸟雀三四声

欣慰秋虽来

依然绿郁郁

遥望山野外

悠然见远山

题荷塘小鱼

一尾小鱼荷塘中

鱼摆水动荷花艳

只游浅水浮短草

搅动水波起涟漪

待到成年鱼长大

再看荷艳与鱼肥

定能翻塘掀巨浪

跳过龙门闹翻天

赏秋

秋来风乍凉
庭院菊又黄
举目看台历
不觉到重阳
出门登山野
一路赏风光
不是不恋秋
只因秋悲伤

臭椿花

麦梢悄悄黄

臭椿开花忙

房前屋后报春来

臭椿还能酿纯浆

一枝椿荚觅知音

寻得钩上房

金色椿萱易得手

自要珍藏

臭椿自有臭椿好

生长不挑剔地方

落下荚种随风飘

生根自由长

辑三

泥土诗语

东山小景

东山峰顶观燕山
华灯初照星灿烂
繁花似锦怡心神
似是夕阳落霞晚
石油之城东方红
工厂就在我家乡

偶遇故知

憨憨地叫我乳名

多么熟悉的乡音

身在远方无亲故

何人叫我乳名

回头一看心欢喜

同族我叔公

问他来此有何事

只为去圆发财梦

他乡自有黄金地

不寻哪有地自生

风景

屋檐下虽小

土种花与草

欣赏红和绿

万紫千红才美好

人生需体悟

自己去寻找

处处都有好风景

莫嫌地方小

若是心胸大

哪里都很好

春花三弄

春风得意马蹄疾
昨晚寒风冷习习
忽降一夜及时雨
万朵桃红放开齐
莫笑迎春花争早
不惧寒冷急脾气

矮脚榆

春中榆枝低
无花与梅比
天生本无用
人送矮脚榆
只能做盆景
观赏称形奇

逢雨

微风细雨

恰合心意

正值田野忙碌时

回村避雨

溪流水潺潺

檐下水流急

只觉身发抖

身上穿着薄寒衣

旱地庄稼急

天降甘霖正合意

望景生情

十步之内有佳景

碧草茵茵细风吹

窗外春色被树遮

房主不觉顿生情

种植

天凉喜阳光

植芽正插秧

畦垄浇上水

小苗快成长

遇雨

步至荷塘天骤变

天色无常落雨点

举目远望找避处

湿衣何须遮雨伞

小院生情

小院篱笆桃色红

曲波疏影

泪凝结

一怀惆怅几度停

云又阴沉

兴致寥寥诉心声

愁绪为谁生

紧锁眉头

乱心情

人穷亦不乱结盟

唯有

风雨路上我独行

植柳

春风送暖流河沙

悠悠岁新叶发芽

黄昏栽下村边柳

鬓白老叟把枝插

筑巢新燕

风扰梧桐春

鸟惊满院静

倚槛空对月

真怀情意深

檐下衔新泥

归燕筑巢新

窗台花自笑

飞落去年人

柳意

一帘春色化清风
鸟雀蝉鸣柳叶轻
因事烦躁无意睡
满腹怨情对谁诉

春日夜思

寒梅飘雪恰逢春

依稀犹见梦里君

欲将春心赋春景

岂知飞雪落花频

窗外寒冷催悲泪

床上灯暗书伤神

愁到泪满沾湿襟

凄凉何处觅知音

相枝词

花开梨枝云会友
香彻方山
瞬间花开就
绿叶新芽红似豆

不敢问心何处留
舒展愁眉
心相印，长相守
憔悴容颜身消瘦
春雨正遇房屋漏

静秋

红叶覆幽径

情系秋林景

相处无归意

炊烟日落情

春绪

春柳短笛声

寂静春烟轻

心有千结魂落处

留下田垄麦青青

此意眉间锁

脉脉总关情

暗把心绪寄梦里

月下萧萧起春风

开河烟影

别情寄寓开河岸

行舟载得春意寒

风起涌来云遮影

情愁思绪化成风

崖梅

仙点胭脂入画卷
弯枝半露云崖岸
清风化作挽留意
故弄轻烟半遮面

春聚

入眸春风立

小憩云随意

团圆年将至

待等人相聚

花变

时晴时雨天易变
竹林蹊径心可散
花开花落何忍去
恰如世上人情变

柳树情思

故乡大清河岸边
条条柳丝垂心间
编顶柳条帽子戴
避暑遮阳度童年
自古人称清河柳
千里堤堰故事传
大宋本是边关塞
三关抗辽杨将战
留有古迹战地道
忠良门第享中原
清河柳下丝絮飞
柳丝上游白洋淀
若问柳根在何处
古称雄州今雄安

小白杨

一棵小白杨

长在我身旁

不怕风和雨

它长我也长

我已为老叟

它早成栋梁

葫芦架下

葫芦架下结葫芦
悬壶济世不糊涂
郁郁叶儿来相助
架下阴凉伴我读
谁晓葫芦身怀籽
喻比人生福寿禄

落樱花

窗外樱花
临风披襟迎彩霞
蝶舞蜂飞
翩跹飘落下
落红满地
飞红落我家
君知否
春光正浓
心随花摇曳
珍惜好年华

古槐颂

村口古槐绿冲天
树根伏爪似龙盘
风送花香飘落雪
蜜蜂采蜜丛中旋
一树翠绿迎风雨
莫笑益壮比从前
秋风不尽槐抱籽
传宗接代几千年

老枣树

门前的老枣树

已过百年

苍劲扭曲的树干

高高探过老屋的房檐

春天吐出微微黄花

香气覆盖了整个小院

蜂儿花蕊采蜜

酿造出枣花蜜的甜

米粒大小的幼果

在叶的遮藏下挂满

等待夏雨的洗礼

果实被大地滋养

秋风改变了它的青涩

露出半脸红颜

阳光的照耀

风雨的锤炼

你从枝上落下

离开了老枣树家园

青松岭

满山松柏汇
丛丛绿翡翠
夏天听风雨
秋风无所为
冬天压白雪
精神更珍贵
青松岭上青
大雪送祥瑞

红枫叶

初春仍寒万物生
枯枝寂静吐绿芳
忽降一夜春风雨
满枝郁郁争辉煌
秋风扫过至寒露
满山霜打叶泛黄
唯见红枫红似火
赤诚心中迎夕阳

咏荷

故乡的池塘

撑着碧绿碧绿的伞

阳光下为荷遮阴凉

雨天迎着飘落雨点

茎生在淤泥

不染一丝污浊

玉骨冰肌

清洁自然

谦谦君子洁自爱

亭亭玉立似花仙

那朵粉红的花

吐露芬芳

君爱荷花品德在先

历尽风雨依然

亭亭净植称典范

不同流合污

君子非虚言

待到秋天叶落

枯萎的荷褪去容颜

残败的莲蓬

莲子粒粒饱满

顽强挺立在冰冷的水间

怀揣着温暖

辑四

坡峰岭上的红

拜访名人

脚蹬石阶上
又看松柏桐
朱门掩连环
轻轻叩

文竹丛丛生
静听无人声
不见主人影
斑斑锈锁谁知道
只等风雨后

求雨

久旱忽逢降甘霖

祈盼好雨知时节

哪有农家不喜雨

早有秧苗似火焚

吊张自忠将军

烈士英魂忠骨埋

碑上将军人缅怀

高风亮节身先死

誓死卫国赴沙场

余悸

夜听小雨

滴滴落心里

无奈囊中少碎银

事事无底

任凭清风吹来去

微微一笑留伏笔

睡眼迷离

心头乱生疑

勿让心头生怒火

往事无欺

心中潮起潮又落

匆匆写下文无题

拜寺

只见空竹不见僧

青烟渺渺云雾中

大藏石经藏宝地

佛殿传来诵经声

余晖

大山余晖小山空

留有夕阳一抹红

遍布桃花黄色柳

归途传来牧笛声

等你

料峭春寒
冷风徐徐
入夜雨润良乡
少见行人面
檐下空

南来春燕
拱辰门下
送来画诗笺
潇潇雨湿地
雨里人
撑伞为你挡风寒

水清观鱼

秋色水下清

溪流底澄明

潺潺水下鱼

摆尾往上冲

翠绿浮水草

来去皆自由

雪天候客

天仙散尽洁白花
冰封天地暖无期
等君今天身如玉
披雪迎风若大侠
只盼到家心里暖
融化冰雪茶待客

春韵

正是三月万物苏

河塘小雨润如酥

楼上书箱还未启

不闻春风诗韵读

清明祭雨

春柳短笛声

麦田草青青

又到清明踏青时

路人落魄断魂

蒙蒙雨里行

路上脚泥泞

清明梦里故人语

勿忘告乃翁

雨化泪

纸作烟缕青云升

桃花吟

春喜桃花雪逢君
依稀似见桃花心
欲将春心付春景
岂知桃园谁主人
愁到雪后桃花景
情经桃潭意更深
望穿桃林何处见
只在桃园觅知音
声声难解桃花梦
轻弹梁祝写祭文

踢足球

风徐徐
雨至称心意
春植小草正缺润
滴滴水入地
青青春色起
绿色春天有朝气

地青青
落英缀绿毯
正是春天好时节
心情好惬意
踢球兴致高
脚下步步如生风

淀上生灵

水涟涟，叶团团
淀上荷花一片片
偶有蜻蜓荷上落
吻住花瓣落其间

意绵绵，水涓涓
淀水清清荷花洁
一尾小鱼吐泡泡
愿对清水说心愿

小盆景

小小花盆真考究
诗人栽下几分景
青山翠绿湖水上
独坐拱桥下垂钓

小诗

小诗韵

章成论

君意写满一页纸

若读小作

可消闷气心胸畅

鸟啼鸣

柳叶青

赏景就在六月中

若问哪片美

泥塘中自寻

双青有感

春天

清清溪流绕着家

山缝间的小草青青

露出幼小嫩芽

大山脚下的小院

门悄悄打开

露出满脸春风的模样

溪水潺潺

女人满腹心事

这就是双青人家

秋天

枫叶染红了山崖

围在坡峰岭下

清溪酿造的美酒

醉了院内一家

大山是院的母亲

把他抱在怀里

亲吻着双青的人家

秋渲染着金黄

红枫披上火红晚霞

雪

谁与上天争俏

飘飘洒洒仙姿妙

冰肌与玉骨

云外绽九霄

却看空中曼舞

银毫碧玉罩

悄悄絮语

句句深爱

更将美化心境

恰似神工天造

新手稿

子夜未睡梦半成

捻灯辗转到天明

近日偶获思与感

一部文章忆今生

过重阳

西南风正好

古地恰逢期

窗外燕山下

山高与天齐

重阳轻易过

霜降更珍惜

入夜心思虑

家母换厚衣

沙雕

河边无异色

遍地是黄沙

采撷何用车

堆积任塑造

生来有本色

无须改面貌

心灵

霜天月损

寂静长空

几抹孤云乱舞

漫道故人稀疏影

倚冷窗

心置何处安静

风来气散

归雨凝珠

几日昏昏沉沉暮

一生知己叹难逢

且几日

年华虚度人生

古槐

一棵古槐岁月长
春到花开白茫茫
虬龙交错风中啸
不觉老古劲沧桑
半亩庭院窗前锁
不掩土地遮阳光
前朝本是神仙庙
虔诚香客来瞻仰

信步

难得今日闲

漫步山峰巅

不为争龙虎

只求体康健

坡峰岭上的红

金秋渲染的红

不是香山脚下枫

故乡溪水缠绵

汉子怀抱坡峰岭

这里有感人的故事

更有对家的赤诚

昔日贫瘠的土地

小草弱不禁风

山里汉子倔强呀

改变你的初衷

掬一抔黄土

把山石移动

吸收苍穹阳光

使万物萌动

一颗颗鲜红的心

结出盏盏红灯

照亮了未来的道路

泥土

抓一把故乡黄土

捧在手上

闻一闻泥土香

化作力量

把爱你的心

捻化成一炷高香

愿泥土生命延续

把故乡用心供养

多少年多少代

爱只属于我的故乡

四季的轮回

滋养了花的芬芳

冬天洁白的雪花覆盖泥土

寒冷里等待着温暖的春光

带着春风细雨

落在开满山桃花的山冈

滋润了故乡泥土

催开了夏季的荷花满塘

秋风下收获的季节

田野里飘着丰收的稻香

多情的泥土呀

你绵绵情怀如此悠长

童年赤脚踩着泥土

青年踏着你走向远方

爷爷在田野里耕耘

父亲在泥土里收获希望

奶奶把泥土当宝藏

母亲记住你的奉献功德无量

当年为捍卫你的主权

英雄流血牺牲

你养育的有志儿郎

偎偎在你怀里

就像亲爹亲娘

儿时听过的教诲

远在千里莫把故乡忘

走到天涯海角也要勤奋

学你孜孜不倦的模样

念念不忘那哺育之恩

愿把爱雕刻在心上

静静地合掌祈祷祝福

愿故乡安然无恙

永远灿烂的笑脸

朝着太阳的方向

待到落叶归根的时候

你才是灵魂回归的地方

吊英雄

熏风和气释怀情
紫气一团绕英灵
自古何处埋忠骨
移步拾级吊英雄
为国捐躯抗日寇
浩气长存天地间

辑五

人间烟火

高粱红了

秋天

有人说你像火

火红得染红了天

有人说你像旗帜

引领秋色的幡

我说你牢牢抓住泥土

根扎在农田

我说你顶着白云

支撑着那片蓝天

红红的高粱穗

多么淳朴的容颜

你的醇香

养育我的童年

你开花

融入了我的画笔

你酿出的酒

陶醉了我的身心

高粱啊我的红高粱

你生于故乡的土地

我的爱伴你到永远

芝麻开花

那片多情的土地里
种上一片芝麻
小小幼苗懒懒伸腰
悄悄地生出小芽
小小幼苗
渐渐长大
锄禾施肥拔草
密密的叶儿上
盛开一串串喇叭花

喇叭花开节节高
花儿含苞结芝麻
芝麻穗儿个个大
嘴里满口小白牙

待到秋天来收获

秋风扫过叶落尽

倒过头来白花花

北海赏雪

琼岛白塔松

绿柏本无冬

云卷云舒北海岸

雪后改容颜

志向犹如故

甘赴严寒踏雪平

赶年集

红

红红对联挂满大集

副副有新题

新春喜逢千载秀

岁月更新财大吉

灯

大红灯高高挂

树上红灯照

照亮前方幸福路

扬鞭催马疾奋蹄

爆竹

爆竹声声辞旧岁

祈盼来年好年景

烟火驱烦恼

只求祛邪保安平

夜深小作

静夜窗前万寂寥
远见朗月挂琼瑶
鸣虫鼓作床前笔
研墨提笔练挥毫
往事幕幕存诗意
情怀上涌思滔滔

回乡

梦逐溪流不断
天然水流潺潺
春风岭上杏花
蜜蜂儿采蜜欢
山村如画再现
忆家老泪潸然

依稀往事犹在
红灯火烛上元
娥妆瑶台广袖
乡戏大山回传

家中柴门紧锁
红联已然褪色

字迹依稀可见

游子遐思无限

山乡飞雪

绵绵絮

厚厚雪棉被

寂静山乡野

盖住村庄悄悄睡

又到冬天闲暇时

歇歇一年的累

雪花纷飞大如席

燕山如画绘

大地披新装

雪压青松翠

房屋化冰雪

檐上挂凌锥

待到冬雪融化时

大地春才归

自然的造化

山,每一座
峭峻云端
石,每一块
默留泪痕
仰慕你的伟岸
大山淡然幽静
消解内心忧愁
融化纠结思虑
生可依靠
死好安魂

水,每一泓
流溪化云
云,每一朵

瞬息万变
漂染大地色彩
洗涤污浊的灵魂
让人读懂内心
看破俗世凡尘

八一颂歌

八月军旗飘扬

战舰破浪远航

现代化强国的军人

军歌嘹亮斗志昂扬

闪亮的军徽呀

战士的忠诚与信仰

醒狮啸山谷

巨龙亮剑腾云

泱泱大中华儿女

同心共筑中国梦

振兴大中华初心不变

永远为祖国守卫边疆

八一南昌起义

秋收暴动建立红军武装

炮声隆隆

反"围剿"在井冈山上

四渡赤水　强渡乌江

爬雪山　过草地

坚持毛泽东军事思想

挺进陕北坚持抗日

新四军八路军是革命的武装

平型关大捷　百团大战

为的是民族独立

人民子弟兵为人民解放

保卫延安消灭敌方

三大战役打过长江

铁血铸军魂

威武之师更加雄壮

国家的尊严军人捍卫
抗美援朝保卫家乡
多少志愿军战士
为和平而阵亡
鲜血铸就了和平
和平安定得到保障
祖国的领土一寸不让
珍宝岛保卫战
自卫反击的战场
英雄的解放军战士
痛打豺狼
铁血之师　壮志儿郎

铮铮铁骨崭露锋芒

春吐芳华　斗志昂扬

精忠报国铸就军强

祖国的危难

压在军人的肩上

唐山大地震

来到最危险的地方

抗洪抢险

你站在危险的大坝上

疫情防控

你救死扶伤

人民子弟兵鹰隼展翼

守护着日出东方

万里江山无限风光

北斗苍穹"两弹一星"

大国航母　战机亮相

电磁弹射　量子能量

厚德博学　神舟宇航

祖国强大　军人护航

人民幸福　军人的希望

中国军人创新卓越

国家昌盛　军队强壮

国防建设安定四方

威武雄壮之师

盛世辉煌

三军仪仗战刀闪亮

八一军旗引领

战无不胜　兵精将强

八一军歌嘹亮

战士热血满腔

军民鱼水情　盛世奏华章

伟大的红色江山

千秋万代更加辉煌

记忆

泪水洗刷了记忆

只能模糊自己

你有不同的颜色

缠绵在一起

知道你有神通变化

我等在傻傻涅槃里

云和月纠缠在一起

你变化成天

普度众生　天下欢颜

变化成地

厚德载物　布施行善

早知自在简单

何必一世修炼

与那三万六千日兢兢战战

修炼成魔

本来面目覆地翻天

修炼成人

受想行识亦复如见

修炼成你

花开花落三生情缘

修炼成佛

目光低垂笑唇一线

七十二变在身

八十一难在心

一难在地

一难在天

是不是苦比难更深

是不是恨比爱更暖

一难在夏

一难在冬

雪在我的肩膀就化了

雨在你的翅膀就飞了

一难凝聚在指尖

一难凝聚在臂弯

一难在心间

一难在容颜

爱语

阴沉的天

用手指轻触云层

泪掉了下来

化作雨

顷刻飞泻

淹没了城市

席卷我的世界

用灾难呈现

一点不足奇

看懂人的苦

一切都在心里

无法与老天抗衡

只有不离去

无论用何种方式

轻触你

会颤抖的手

阻止雨的疯狂

不要让大地哭泣

你眼里

雨成美景

多悲哀的想法

当代多少英豪

从八方拥来

拯救被淹没的生命

柔软的世界诉说

献出一点爱

爱相遇

永不辜负

伸出援手

让世界说出爱语

夏至

夏至

诚心诚意

此刻黄经九十

君命起居有时

神令顺应天职

鹿角解

蜩鸣始

半夏泻火

半开半阖

妙语水中池

麦

夏至　新麦

彩扇齐备

香囊赠君

君子信而有征

世事远乎其身

一念听禅

一茶默诗

一箪食

一瓢饮

不改其乐

闲坐树下

沉默静思

等雁归来

阳春三月

天空

蓝莹莹的天空

飞来一只孤雁

不知捎带着谁的思念

我想将它留住

用窗棂外飘荡的枯枝

为你筑一个暖巢

再挂一串风铃

风起时我便知你归

闲暇时沏一杯香茗

和着轻柔的音乐

静静地拨弄琴弦

在流光里等你归来

莲的心事

人生如莲

有如莲的心事

叶儿平平地舒展

随风摇曳的菡萏

又露出依旧的容颜

青青绿叶心事重重

荷塘里随处蔓延

遮挡晴日骄阳

撑大伞的雨天

如莲的心事

盛开无数朵莲花

一朵一朵在心房开满

自由地开放

如此舒畅心欢

习习清风月影

风吹过无杂念

只有一轮月亮

满塘月色只增不减

月色中菡萏

孕育出千年莲子的心愿

洁藕为骨

荷叶为衫

洒满月色的荷塘

与情多聚不散

自在地爱恋

花季月影下依旧缠绵

超越了君子之交

今世因爱结缘

如莲的心事

太久太久的相恋

莫要任性

千百年一样的爱恋

只要模仿你的模样

多彩的人世间

不知不觉淡淡如莲

寻梅

闻得蜡梅暗香

飘雪心不知

含苞待放

却见孤独只一枝

寒风夜袭窗

茫茫飘雪飞絮

不觉苦寒寻花香

莫笑君情痴

山怀暖心

只等春风送相思

山笑百花为谁开

百花笑山春来迟

满枝才初红

不与争艳春来时

独有暗香在

只有君心可相知

踏遍山野人未老

只为寻你独一枝

七月的热情

七月的热情

没有被一场雨压制

雨中的情怀

一样激昂

桃子已经熟了

被热情染红

荷叶下藏着一个梦

谁能猜透莲蓬的心

我只能做自己的事

尽管想着你的各种好

如果有一阵风吹来

莲子的苦我也能闻到

藕也有心

敞开给知己

树叶也关情

传递着七月的热情

你是我唯一的温柔

时光在我身旁穿越

不屑冷漠的目光

只是看着你的眼睛

掀起内心一片爱的涟漪

从那一刻我开始想你

因为爱把你装在心底

有你的日子多了快乐和温馨

喜欢偷偷傻笑

体验着从未有过的欣喜

其实这个世界上

所有的事物都一样

当你真心地爱慕

它对你生出同等的爱慕

在芸芸众生的世间

有你才感觉宁静

就像夜幕的星

和我在一起

见不到你的日子

在梦里等你

梦不见你的时候

在诗里等你

我将日出日落

融化在生命里

赋予了精彩绝伦的含义

人生因你而丰富

遇见你是何等幸运

在赶赴人生的洪流中

我一直都怀揣悲伤

是你驱逐了那里的阴霾

让它成为充满风和花香

以及热烈阳光的田野

好想一头扎进你热腾腾的胸膛

低嗅熟悉的味道

释放我的天真、温柔、孩子气

今生可不可以

让我做你怀抱里唯一的名字

你是我藏得

那么深那么仔细的秘密

我不敢向别人

说出我烦忧的缘故

只因那是一处最甜蜜的忧伤

人生的每个阶段

都会遭遇不同的相遇别离

有些东西是缘是分

更是不可更改的宿命

相信遇见了都是天意

而拥有了都是幸运

……

蛙

夏夜

雨落在天明

鼓噪的蛙鸣

唤醒雨后的夜色

哇呱、哇呱

鼓吹起充气的球形

一声,两声,三声

连成一片

打破了深夜的沉静

青蛙王子

只需要一处水洼

雨季存水之地

蚊虫喂饱

一蹦一跳

它寻食昆虫

雨季

蛙声一片

它们不会感觉燥热

清凉的水

清爽的夜

它们寻食着昆虫

一蹦一跳

心里真美

冬天阳光普照

写满沧桑的脸

皱褶里

藏不住青春的容颜

叹一声青春呀

是否还能回到我的从前

苦涩里没有

没有了甜蜜的从前

天天数，时时盼

何时走出这片苦难

春天

又是一个春天

风卷起尘埃

遮挡住流泪的双眼

地无语，天无言

无情的岁月

留下印记在那张脸

寻她千百度

只因白茯苓结缘

仿佛回到了青春岁月

春雨前发出了爱的嫩芽

爱情的花朵开得鲜艳

穿上那条最美的裙子

走在牵牛花开的时节

等来，等来了

白茯苓带来最美的时光

夏天的荷花

摇曳着硕大一片

粉嫩的荷塘

惹来蛙声一片

改变了　改变了

芙蓉出水的脸像花朵鲜艳

打开了心的枷锁

结出莲蓬

雨滴润泽出高傲心

自古你出淤泥而不染

天空里送走乌云

迎来了阳光的今天

蝉鸣声自高

鸟雀翅翼展

白茯苓的美丽

就像这片荷花
鲜红的美
也有葱郁的叶陪伴

秋天
挂满果子的秋天
白茯苓酒令人陶醉
靓丽了女人爱的笑脸
跨界到诗人的心田

父亲的背影

还是那个身影

逢人微笑施礼

留下驼背弯腰的背影

劳作的身体已经变形

今世今生勤劳

尝尽酸甜苦辣的人生

他依然朴实善良忠诚

只有他疼爱的儿女

少见他快乐的笑容

青春威严仍在

留下远去的别样风景

我的父亲

与新中国同龄

饱经沧桑的容颜

一身朴素的穿戴

一口熟悉的乡音

还是那张笑脸

满脸的皱纹　一道道印痕

还是满腹的惆怅

稀疏的头发

粗糙的双手

改善贫穷的家庭

失去你的健壮和青春

换来了我们的成长

勤快的双脚蹚过冰冷的河水

采药踏遍山山岭岭

太阳给了你英雄本色

但少了那长枪红缨

用犁耧套耙

耕耘出别样乡野风景

我的老父亲

一个季节耕种

一个季节收获

淡淡清风的洗礼

染就了青色的唇

佝偻的背影

走路还是铿锵有力

走进时代

脸上写满沧桑

风说你是大山

是支撑家的巍峨山峰

虽然压弯了腰板

可那倔强的性格没有变形

雨说你是大海

把溪流和江河包容

多少困难

从未逃避

我的老父亲

一生朴实

一世普通

默默无言

深沉如山